KB196262

소리가 뜨겁다

소리가 뜨겁다

이영희 시집

인쇄일 | 2024년 10월 25일
발행일 | 2024년 10월 30일

지은이 | 이영희
펴낸이 | 김영빈
펴낸곳 | 도서출판 시아북(詩芽Book)
출판등록 | 2018년 3월 30일
주소 | 대전광역시 동구 선화로214번길 21(3F)
전화 | (042) 477-8885, 254-9966
팩스 | (042) 221-3545
E-mail | siab9966@daum.net

값 12,000원
ISBN 979-11-94392-04-0(03810)

* 이 책은 2024년도 한국예술인복지재단 예술활동지원금을 지원받아 제작되었습니다.

소리가 뜨겁다

이영희 시집

시인의 말

당신은 어느 계절을 좋아 하나요

봄엔 연둣빛 이파리에 부서지는 햇살이 좋아
가슴 설레임이 있어 좋구요

여름엔 폭염 속에서도 지치지 않고
꿋꿋이 화려함을 뽐내는 칸나가 되어
폭우가 와도 두렵지 않구요

가을엔 심어놓은 열매들의 불꽃놀이에
즐거움을 갖게 되지요

하지만

이젠 하얀 눈 꽃송이들이 소복하게 내리는 계절
흰 눈꽃송이를 기다리는 겨울을 좋아합니다.

숨이 차도록 달려온 지금 이제는 조금씩 쉼표를 찍으며
나무가 하는 말을 들으며 살고자 합니다

2024년 10월

이영희

2부

매미의 유산

3부

우물의 명상

4부

창 너머 풍경

5부

지금은 대치 중

1부

붉은 포장마차

새

푸근한 잠을 깨고 보니
어느 틈에
혼자가 되었다
밤새 속삭이던 달콤한 언어들이
구름 속으로 젖어 들고
빛나던 나무는 흙빛으로 변했다
손에 쥐었다고 생각했던 무지개는 사라지고
두 눈앞에 쌓인 것은
모두 지나간 발그림자 뿐
돌이킬 수 없다
돌아 나가지도 앞으로 갈 수도 없는 지금
기댈 수조차 없는 절벽 위에 머물고 있다

화난 날씨

세상일은 입을 닫고
귀와 마음은 문을 없애 봐
그래야 공정이 늘어날 거야
화난 날씨, 오늘이 두렵다

꽃에게 묻는다

어떤 사람들에겐
나에게 이익이 되는 것만을 고집하는
비겁함이 있고

또 다른 이에겐
나에게 불이익이 와도 옳고 그름을
명확하게 말하는 용기가 있고

지금 우리는
실질적인 정의를
스스로 실천할 때라고 소리친다

그런데 꽃들아
그거 아니
상황에 따라 변하는 게
사람이라는 것을

당귀 속에 빠지다

지인 댁에 꽃구경을 갔다가
검은 비닐봉지에 가득
어린 당귀와 상추도 몇 잎 따서 가져왔다

저녁 반찬은 무엇을 먹을까
냉장고 속을 살핀다
봉지 속 어린 당귀와
싱싱한 상추를 꺼내고
소고기를 꺼내 살짝 익힌다

식탁 위엔 주재료가 채소
쌉쌀한 오가피무침과 두부를 넣고
당귀 얹어 한 입
당귀와 상추 위에 고기 넣고 한 입
볶은 김치와 두부 위에 당귀로 끝낸 식사

하루 종일 사라지지 않는
입 속 가득 남아있는 당귀 향은
지인의 온정이다

5월이 좋은 이유

연두빛 이파리가 반짝이는
아름다운 바람 길로 들어오세요
그곳엔 새들의 노래가 있고
청보리가 누렇게 익어가고 있어요
벤치 위에는 보랏빛 등나무 꽃이 피고
들엔 갈퀴나무 꽃이 한창입니다
푸른 파티를 준비하는 숲속
하얀 찔레꽃이 가시 속에 숨어서 소리 없이 웃고
아카시아 꽃이 꿀벌을 불러오는 오월
붉은 개양귀비 꽃이 팔랑이는 오월입니다

가을엔

가을엔
외롭다 말하지 말고
쓸쓸하다고 하지 말게

기다림은 짧고
만남은 긴 것이라고

붉게 물든 엽서 한 장
톡
떨어지네

너만 같으면 좋겠다

나도 20대 너만 같으면 좋겠다
아니 10년만 되돌아가면 좋겠다
그것도 아니면 몇 년 만이라도 젊었으면 좋겠다

중년이 되어서
몇 년 전으로 가고 싶다고 한다
하지만 24살 그녀는 혼자인 것이 서글프다고
가까운 사람 곁에 두고 싶다고 부러워한다

지금도 꿈을 펼치고 있는 80대는
그런 꿈은 부질없다
살아있는 것이 큰 축복이다
보고픈 사람 곁에 두고 볼 수 있는 것이
제일 행복이라고 한다

노후가 되어도 가고픈 길
되돌릴 수 없는 길에서는
그저 그래, 그래
지금 서 있는 자리가 극락인 거다

비는

누군가에게는 꼭 지키는 약속이고
누군가의 상처가 씻겨가길 바램이고
누군가에게는 새로운 일의 시작이다

아이들이 공을 찬다

공을 차는 아이의 날카로운 눈빛
목적지를 향해 발을 놀린다
긴장한 모습으로 골을 막아내는 아이
그 둘의 사이가 팽팽하다
공을 찬 아이의 시원한 웃음
골인이다
공을 찬 아이는
공을 차는 순간 골인을 예측했을까
골키퍼는 공을 막지 못하고도 계속 공을 넣으라 한다
꼭 막아내고야 말겠다는 의지로 다시, 다시를 반복한다

우리 삶도 다시 또 다시 새롭게 살아본다면
헛점 없이 살 수 있을까
우리 삶을 생각대로 다시 반복할 수 있다면
굽어진 길 없이 곧게 뻗은 길로 달릴 수 있을까
고갯길 너머 또 굽은 길 헤치고 가다보면
넓은 길도 내어주는 우리 인생길이 그렇지 않은가

황혼 길

황금 뜰이 추수를 끝낸
빈 들녘엔
공룡이 두고 간
공깃돌이 제멋대로 뒹굴고

뒷짐 지고 귀가하는
촌로의 등에
포근히 내려앉는
붉은 노을

삽목

제라늄 제멋대로 뻗힌 줄기를
날카로운 칼로 살을 베어낸다
베어진 고통은 상관하지 않고
일단 하루 서늘한 바람으로 상처를 달래준다
다음 날 예쁜 그릇에 담고
튼튼하게 자라서 예쁜 꽃피워내라고 속삭인다
처음엔 시들하다가 며칠 지나니
화분 속에서 맥박이 뛴다는 걸 알았다
베인 상처쯤이야, 시린 삶의 무게를 담고
작은 뿌리 내렸다

매일 아침 안부를 나눈다
아무런 일도 일어날 것 같지 않은 고요 속에서
꽃망울이 생겼다
내일이면 활짝 핀 모습 보여줄 마음이 오늘은 더 따스하다
작은 상처쯤이야 하며 소소하게 웃는
제라늄

감자

감자는 싹을 틔울 때
제 몸이 허물어지며
좋은 것을 다 내어준다
모르는 사람들은 썩어들어 가면서
독한 냄새를 풍긴다고
다 등을 돌리지만 감자는 기꺼이
죽어서 파릇한 새 생명과 맞바꾼다

몸 지치고, 마음의 병 깊어가도
아낌없이 좁은 등 내어주는 감자
좁은 등을 발판으로
어린 싹을 푸릇한 잎으로 키워낸다
더욱 더 큰 창공으로 날아오르라고
비켜선 자리엔
한 생명이 다한, 또 다른
파릇한 생명이 있다

금호도 방풍나물

인터넷으로 '농가 살리기' 마트를 찾았다
머위김치도 있고 남해 풋마늘도 있지만
금호도 방풍나물이란 상표에
잊었던 친구를 만난 듯 반갑다

몇 년 전 금오도 산행을 하다가
산언덕에 해풍을 맞고 자란
방풍나물을 구입해서
맛있게 먹었던 일이 시나브로 다가선다

냄새가 강하지만
풍 예방에 좋다는 나물을
살짝 데쳐서 된장으로 무침을 해서 먹었던 기억
동백 숲을 거닐었던 금오도의 추억이 그리운 날

인터넷 쇼핑으로 배달된
박스를 열어보니
금오도 동백숲을 함께 걸었던 사람들이
하나 둘 모여들고 있었다

* 금오도金鰲島는 전남 여수시 남면에 있는 섬으로. 마치 큰 자라를 닮았다고 하여 금오도라 불리며, 금오열도에서 가장 크다

붉은 포장마차

겨울비 내린 뒤 흰 꽃 날리는 날
먼 길 달려온 철새무리
화려한 군무를 펼치더니
길을 자유롭게 떠나는 철새를 본다

제각기 발아래만 바라보며
시간에 쫓겨 밤의 야경 속에서
갈등하는 사람들의 축 처진 어깨
웅크린 가슴으로 붉은 포장 안에 모여 있다

가벼운 플라스틱 의자에 몸을 지탱하며
차디찬 소주 한 잔으로 몸을 달구는 저녁
붉어진 두 눈가에 매달린
해맑은 아이들의 웃음소리

작은 소주잔을
비워내며 커지는
공허의 소리들이 무겁게
유영하고 있는 붉은 포장마차 안

마음 흐린 날

무작정 길을 가다가
차를 멈춘다

붉은 맨드라미
연분홍 과꽃
노랑색 다알리아꽃
흰색의 이름 모르는 꽃들이
가슴으로 들어와
웃음을 건네는
담장 없는 집 앞에서

행복을 훔친다

봄비 속으로

봄이
부서질까 봐
조심조심
까치발로 사뿐히 날아드네

토닥이듯 내리는
봄비 속에서
매화꽃이 꿈틀거리고
길게 늘어진 버들가지가
슬그머니 눈을 뜨고 있네

2부

매미의 유산

빈 의자

노란 줄이 단단하게 막아선
아파트 울타리 밑에 긴
갈색의자 두 개
오늘은 누가 앉을까, 기다려 본다
아침 일찍 노인 한 분이 다녀갔다
작은 바람 한 점 지나갔다
한 줄기 노오란 햇살도 스쳐갔다
30년도 지난 느티나무에
큰바람이 한 바탕 춤을 췄다

몇 시간째 기다림 속에 있는 의자

자주 시끄럽게 지저대던
까치도 오지 않고
귀여운 박새 울음도 들리지 않는
한적한 오후

의자

한낮 기온이 30도가 넘어서는데
느티나무 그늘 아래로 바람이 찾아왔다
까치가 울고 새소리 매미소리도 요란했다
비어있던 의자엔
노란 가방을 둘러맨 꼬마아이가 앉았다
잠시 후 아이의 엄마도 앉았다
지나가던 할아버지에게 꾸벅 인사도 건넸다
오늘, 의자는 만석이고
나뭇잎은 쉬지 않고 흔들리고
저녁놀은 이제 쉬어야겠다고
슬그머니 꼬리를 감추었다

경계

추가 흔들린다
소리가 뜨겁다
센 불에서 끓는 곰국처럼 끓어 넘치는 여자
당장 자폭이라도 할 태세이다

태생이 다른 사람끼리 만나 부딪치며
오랜 시간이 지나며 고집은 굳어져
믿음의 벽이 소리 없이 허물어지기 시작한다

동강이 난 언어들이 부재가 되어버리고
붉은 가슴에 검은깨처럼 박혀 있는 상처
울음을 깨물던 입술이 짓이겨져 신음이 고여 있다

가슴의 상처를 뿌리째 뽑아내거나
윤곽을 잃어버린
허름한 담 안에 그대로 머물 것인가
나무는 그래그래, 하라고 끄덕이는데

허무의 사월

연붉은 안개를 걷어내며
바람이 머무는 곳마다
벙그는 꽃

늙은 벚나무껍질이
황사를 씻어내고
햇살 속에서 반짝인다

꽃이 피고 지는 것들도
제각기 이유가 있어
더욱 빛이 나는 허무의 사월

만남과 이별을 동시에
바라보는 일은
서녘의 해처럼 서럽다

병원으로 가는 길도 즐거워질 수 있다

손목의 통증으로 밤을 새우고
병원 가는 길
꽃잎 양산으로 쏟아지는 햇빛을 차단한다

길가에 세워진 철망사이로
울타리 강낭콩 연붉은 꽃 피우고
노란 오이꽃 호박꽃이 헤헤 웃는 길

이곳저곳 슬쩍 눈길 주며 걷다 보니
그렇구나
어디에든 반가운 것이 기다리고 있었구나
내가 무심한 것이지 나를 홀로 둔 것이 아니었다

소나무에 햇살이 걸려
길가는 사람들 뙤약볕을 막아주고
폭염 속에서도 살아난 억센 풀들이
영역을 표시하고 있는 길

퇴행성 관절염을 장만한
나는 아픔 두엇쯤 괜찮아, 하며
걷고 있다

쉼표를 찍어야 하네

동네 주치의사가
하루를 48시간으로 살아온 날들
이제 내 몸한테도 하루를 8시간으로 줄이고
바람소리도 들려주라고 하네

부드러운 손가락은 피아노에게 물려주고
단단한 어깨는 아코디언에게 넘기며
남들에게 시간을 나누어주며
쉼표 없이 지내온 날들이었네

예고 없이 탈진 된 몸 의료원 437호
금식으로 대장을 하얗게 비우고
고열로 머릿속을 까맣게 태우고 있는 시간
원인은 알 수 없다고 무조건 쉬라는
의사선생님의 명령이 떨어졌네

내 영혼은 지금 어느 곳을
내 달리고 있는지 알고자 하지 않네
창가로 들어서는 조각 햇살이 다가와도
미동도 없이 쉼표를 찍고 있네

이젠 느리게 생각하자 하며
주문처럼 되 뇌이지만
깨알처럼 적혀진 일정표는
어제처럼 달리는 말이 되도록
채근하고 있네

느리게 걷다

친 자연주의로
나무가 주인이 된 천리포 수목원

고혹한 향기로 발목을 잡는
노랑 목련꽃 아래 서 보고
격정적인 플라멩코 춤을 추는 듯한
튜울립 앞에서는 주저앉아 떠날 줄 모른다

갯바람을 등받이로 밀려가는 길
호랑가시나무는 여문 잎에 가시를 내밀고
가시주엽나무 앞에선 내 몸에도 가시가 돋아
줄행랑치듯 자리를 옮긴다

초록 바람에 이끌려
은방울꽃 앞에 머물러 주문을 건다
자신을 사랑하고 곁을 생각하며
거침없는 행보를 하겠다고

담 너머엔 여름이 흘러가네

물방울처럼 질문이 피어나는 아침이다.
새들의 지저귐에 귀를 기울이며 창가에 선다

매화꽃이 진 자리엔
매실이 새콤하게 익어가는 초여름
패랭이꽃이 낮은 밭 언저리를
붉은 레이스 커튼처럼 자리하고
더위에 지친 양파 줄기는
긴 팔을 늘어뜨린 채
서걱이는 그늘을 찾는다

도라지꽃 위를 날던 작은 새는
패랭이꽃에 앉았다가
나무 그늘로 날지 않고 뜀박질을 한다
달콤한 커피 한 잔을 들고 창가에 서서
여름이 흘러가는 것을 본다

특별한 어죽

한 남자가 불편한 다리 이끌고
유명한 어죽 집에 들어선다
- 어죽 한 그릇 주세요
한 그릇은 팔지 않는다는
퉁명하게 내뱉는 주인여자의 대답
옆 자리에 앉아 있던 두 여자가 말한다
- 그럼, 저희 삼 인분으로 해주시고
나누어 드리면 안 될까요
주인여자는 눈을 희번덕거리며
아무런 말 하지 말라고 눈치를 준다
두 여자는 놀라서 말을 감춘다
한낮 태양을 머리에 이고
찾아온 어죽집에서
혼자라서 쫓겨 나가는 남자
그 뒷모습을 조용히 따라가는 눈
남자가 가버린 식당엔 말을 잃었다
양푼 가득히 담겨진 어죽 속엔
국수와 통통한 쌀알 수제비와
민물새우가 모양을 내지만

소문난 맛집의 특별한 맛을
끝내 찾지 못한 날이다

밤벌레의 집

한 밤중 밤벌레 한 마리
딱딱한 껍질의 경계를 넘어
좁은 까만 봉지에서 혼신을 다하여
환한 세상으로 나왔네. 하지만
밝은 곳에서 작은 몸 숨길 곳은
벌레에겐 넘어야할 벽이 많다

남대문시장을 돌아 나온 바람은
서울역 지하도로 깊숙이 밀고 들어와
무거운 그림자들이 모여 있는 곳에 머물렀다

중년의 남자 라면박스 하나로
몸을 가리기 위해 집을 짓고 있다
바닥에 장신 길이의 반만큼 종이를 깔고
몸을 기둥 삼아 머리 위에
라면박스로 지붕을 얹은
언젠가 본 적이 있는 그 사람

빛이라고 생각했던 사업이
빚더미만 남기고 모든 것을 빼앗긴 채

사람의 눈 두려워 환한 불빛을 피해
무거운 그림자들이 모여 있는
지하도에 머물고 있는 남자

한 밤중 밤벌레의 집을 짓고 있다

고것, 참

멋지고 잘 생겼네
단단하고 튼튼하게
거친 자갈길과 진흙 길도
그를 막을 수 없겠다
몸이 45°로 기울고
눈동자도 함께 기운다
그가 앞으로 나가려
슬슬 움직인다
어쩌지
안 돼, 가까이 보고 싶다
이름이 무얼까
놓치기 전에 다가가 보자
쫓아가면 또 앞서가고
눈 깜짝할 사이 사라졌다

이름이라도 알아둘 걸
몇 킬로를 찾아 헤매다가
옆길에 서 있는 것을 본다
그의 이름은 Jeep차였다

매미의 유산

끝나지 않을 것 같은 폭염 속에
17년의 시간을 애벌레로 지내왔던 매미
짝을 찾아 온 몸으로 울어대는 저 절규
주어진 시간은 보름뿐이라는 걸
아는 사람은
아무도 없다
염천으로 지쳐있던 나무들
몰아치는 태풍에 가지는 부러지고
땅 속 깊이 뿌리까지 뽑아내려고 하지만
매미는 빈 몸이어서
쓰러지지 않는다
사랑하자, 애절하게 울어대던 매미
하루를 천 년으로 살다가
쌓은 것 모두 다 남기고
미련 없이 간다.

동백수목원에서

비 개인 아침 동백꽃 식물원
야자수와 동백이 서로 기대고 있는 곳
가야할 때를 알고 떠나는 동백은
미련을 두지 않는다
뜨거운 손길로 다듬어진
붉은 울음 모아 꽃 피우기까지
얼마나 많은 고뇌의 시간을 보냈던가
놀라움으로 기쁜 탄성을
불러내는 아침이다

바람의 낯선 언어가 배경이 되고

향기 흩날리던 보랏빛 라일락꽃이 떠나자
힘없이 흔들리는 라일락꽃 나무를 보며
쓴웃음 짓는다
삼십년보다 더 오래된 느티나무가 헛기침을 한다
연초록 이파리 귀를 세우고 듣고
붉은 잎 단풍나무도 고개를 끄덕인다
떠나는 것은
다시 돌아올 것을 준비하는 것이라고
눈보라가 쏟아져도 받아들이고
폭풍이 휘몰아쳐도 거부하지 마라
살다보면 누구나 겪어야 하는 일이라고
거부할수록 더 깊어지는 상처
이젠 부드러운 바람이 스며들 듯 그렇게
맞이하라고 바람은 나에게 강의 중이다

웃음이 피어나는 곳

인사하기 전부터 웃음이 번지는 교실
몇 개월 만난 사이라고
선생님, 할머니 그 옷은 무슨 옷이에요
옷차림에 관심을 갖는다
오늘은 아줌마 같아요
오늘은 왜 할머니가 되었나요
마스크가 특이하고 연두색이 예뻐요
아이들의 호기심은 만날 때마다
새롭게 다가선다
어떤 이야기를 하실 건가요
쏟아지는 질문 뒤로 제목을 불러온다
이야기 속으로 출발 노래와 함께
반짝이는 보석 같은 눈망울들
귀는 쫑긋
모두에게 눈을 맞추며 쏟아내는
옛날 조선시대 선현의 말씀엔
스르르 감기는 눈
호랑이나 도깨비가 나오면
웃음이 피어나고 호기심이 가득한 눈빛
옆으로 쓰러지는 몸을 가누면서도

이야기를 듣는 아이들

그 곳

꽃잎 친구들

그 해 여름

끝나지 않을 것 같은 폭염이 시들해지고
매미의 마지막 절규는 더욱 애절하기만 한데
몰아치는 태풍은 나무를 심하게 흔들고 있다
뙤약볕에서도 꽉 잡고 움켜쥔 손
힘없이 떨어지고 있다
사라지지 않는 것은 없다
단지 흔적만이 남아 있을 뿐이다.
사랑한다, 좋아한다, 하더니
봄 곁을 찾아 떠나가고
염천에서도 기죽지 않고
또렷이 서 있던 칸나꽃도
곁을 내어놓고 자리를 비운다

다시 이루고 쌓았던 정도
목적이 끝나면 사라지는 것들
필요에 의한, 필요를 위한, 필요를 위해
나아갈 세상이 있을 뿐이다.

3부

우물의 명상

그곳에 가면

석문방조제 마섬 포구에 가면
제철 맞은 은빛 실치 쌉싸래한 맛에
야채와 깨소금 듬뿍 넣어 버무린 봄맛과
바지락에 애호박 청양고추를 넣어
칼칼한 칼국수를 끓이는 나리네가 있다

석문 방조제 산업단지엔
유채꽃으로 가득한 넓은 벌을 무대로
노령의 신사들이 음악분수와 협연을 한다

봄 햇살이 내려와 앉은 길에는
쿵쿵거리며 뛰어 오르는 아이들
치마를 나풀거리며 걷는 여자
유채꽃 닮은 노란 나비도
너울너울 흔들리고 있다

녹슨 자전거

잡초가 숲을 이룬 공터 한쪽에
사람들의 손길에서 벗어난
녹슨 자전거가 비스듬히 서 있다
한때는 푸른빛과 반짝거림과
빵빵한 타이어로
덜컹거리는 돌길이나 좁은 골목
아스팔트 넓은 길
가지 못할 곳이 없었다

녹슬어서 버려진 것이 아닌
버려져서 녹슬어버린 자전거

만남

개나리 꽃 번진 담 아래
작은 별꽃들이 고개를 든다
봄 아지랑이 속에서
물들어가는 붉은 벚꽃나무처럼
꿈이 익어가는 노란 유치원

뿌연 황사 속에서도
소근거리는 봄
이제부터 너와 나
옛날 선현들의 이야기와
재미있는 이야기를 들려주는
아름다운 이야기 할머니로
만남은 시작되었다

만남 2

- 꽃잎반

개나리 노란 담장 안에는
별꽃처럼 발돋음하는 꽃잎반이 있다
교실 한 가운데 놓여진 작은 의자에 앉았다
초롱초롱한 동그란 눈에는 호기심이 가득
- 안녕하세요 저는 아름다운 이야기 할머니에요
궁금해 하던 눈은 반달이 되어 참았던 말들을
한꺼번에 쏟아낸다
-할머니가 아니에요
- 아줌마 같아요
한복 조끼가 낯설어서인지
- 옷이 이상해요 왜 그런 옷을 입었어요
어린 친구들의 관심 속에서 시작되는 이야기
- 오늘 들려줄 이야기는 정신없는 도깨비에요
이야기가 줄줄이 깨알처럼 쏟아져 나오는 동안
몸은 뜨거워지고 가끔씩 헛바퀴 돌듯 미끌거리는 발음
도깨비가 정신이 없는 것인지
내가 정신을 놓은 것인지 긴장된 이야기시간
이야기 할머니 첫 시간은 정신없는 도깨비가 아닌
정신없는 할머니로 그렇게 지나갔다.

허공을 자르는 하루의 시간

즐겨 입던 바지 길이가 짧아져서 수선집에 갔다
'바지 끝까지 길게 해 주세요' 하니
몇 시간 후에 오라며 이름을 묻는다.
'이영희예요' 하니
'아하 옛날 국어책에 나왔던 철수 친구 영희구만'
'철수는 잘 지내고 있나' 하신다
어릴 적에 놀림을 받았던 기억이 새롭다

며칠 후 새로 산 바지를 들고 수선집에 갔다
'요만큼만 짧게 해 주세요' 하니
자로 잰 길이보다 짧게 가위질을 하려 한다.
'아니요'
'조금 더 길게 해 주세요' 하자
주인아저씨는 요즘은 짧게 입는 것이 유행이라며
더 자르려 한다
'안 돼요, 발목이 보이지 않게 해 주세요'
이만큼 저만큼 하다가
날카로운 가위에 잘려나간 다리

허공을 자르는 하루의 시간

싸리꽃

서해안 고속도로 하행선에
풀어 헤친 흰머리를
바람결에 끄덕이는 억새
붉은 보라색 립스틱을 바른
싸리꽃이 뭉게구름처럼
옹굴옹굴 모여
바람결에 웃음을 보낸다

어느 새 고향 집 마당에
싸리비를 들고 쓰레질하는
아버지의 하얀 고무신이 보이고
놀이터 큰 마당에서는
명자와 정식이가 빗자루를 들고
동네가 떠나가도록 소리 지르며
창 놀이를 한다

앵두

유년 시절
고향 집 장독대 옆에
앵두나무가 두 그루 있었지

앵두가 빨갛게 익을 때면
학교에서 돌아오자마자
책가방 던져 놓고
노란 바가지 들고 달려갔었지

엄마가 부르는 소리 들리지 않고
새콤달콤한 맛에
손바닥이 붉게 물들도록
일어설 줄 몰랐던 어린 시절

어머니 목소리가 그리운
오늘

똑같아요

유년 시절 어머니는
자박지에 박박 씻은 보리쌀을 삶아서
한 줌 쌀을 넣고 밥을 지었지
모락모락 김이 오르는 검은 무쇠솥엔
밤하늘 별꽃처럼 반짝이는 하얀 쌀밥이 있었지
오빠와 언니들에겐 보리밥을 듬뿍 담아 주고
아버지 밥상에 앉은 막내딸에겐
아버지와 똑같은 흰쌀밥을 주셨지

아이가 책 읽는 사이에
할머닌 저녁밥을 짓는다
건강하게 잘 크라고 흑미에 검은콩을 넣고
찰진 저녁상을 만든다
온정의 눈길 보내며 내어놓은
윤이 나는 검은빛의 잡곡밥
아이는 눈길이 허공에서 머뭇거리다가
생선튀김으로 젓가락을 내리꽂는다

- 난 흰쌀밥이 좋아요

보랏빛 엽서

폭우 속에서
물방울을 매달고 배달된 작은 상자에
코로나 비말 차단 마스크와
향기가 퍼질 듯한 보라색 스카프가 들어있다
우아한 빛의 보라색이 잘 어울릴 거라며
늘 곁에서 사랑을 건네는 친정 언니
보라색 엽서와 함께

언니는 새로운 꿈의 바다에 돛을 올렸다
손주들 뒷바라지에 취미생활이 허락되지 않았던 날들
파견 근무 떠나는 아들 가족을 외국으로 보낸 뒤
미루어 두었던 꿈을 향하여 달리고 있다

동화구연 자격증을 따고 이야기 할머니도 되고
문학 콘서트에도 참여하고
더 큰 꿈을 펼치기 위해 출항을 서두르는
아름다운 여인이 보내준
보랏빛 엽서

달팽이

보훈병원 중환자실에
산소통에 매달린 오빠가
달팽이집을 짓고 누워있네
힘겹게 뜬 눈 속에
먼저 떠난 아내가 없는 빈자리에서
세 아이를 보듬고 등 떠밀려
살아온 생이 토사처럼 흘러내리고
옆길 한 번 보지 못하고
폭설에 묻히고 급류에 휩쓸린
세월의 흔적이 남아있네
이제 숨 좀 트이며 살만 하니
숨 가쁜 시간에 코를 꿰인 채
바람 앞에 촛불처럼 흔들리는
오빠
굴곡진 인생의 집을 벗어내고
맨몸으로 돌아가는
달팽이의 마지막 인사

아버지의 기억

막걸리 걸쭉한 맛을 좋아하고
이 사람 저 사람 가리지 않고 좋아하고
이미자의 노래를 가끔씩 흥얼거리며
좋아하시던 아버지

동네 어르신들은 호걸이라고
인자하고 대단하신 분이라고
싫어하는 사람 없이 칭찬이 자자했던 아버지

막내딸을 밥상에 마주 앉히고
흰 쌀밥에 맛있는 반찬 올려주고
아침이면 굵고 따스한 손끝으로
머리를 빗겨 주시던 아버지

월급날이면 빳빳한 십 원짜리 지폐를
제일 먼저 용돈으로 주셨고
얼큰하게 술이 취한 날이면
골목부터 딸의 이름을 부르며 흥얼거리셨던

그렇게 예쁘다 하시더니
언제부터인가 제 곁을 떠날 때까지
작은 일을 할 때마다
꼬투리를 잡고 야단을 치셨다

방사선 치료로 변해진 아버지를
친구와 같이 길에서 외면하고 달아났던
철없던 막내딸이 나이 숫자가 커질수록
가슴은 자주 흐린 날이 되었다

내가 목말라 하는 이유

길을 달리다가 도로 옆에
스러지듯 앉는 노인을 본다
급하게 브레이크를 밟았지만
순간의 선택은 모르는 척
차 뒷거울로 보이는 멀어지는 거리
마음은 선과 악의 사이에서 분쟁한다
돌아가야 할까 갈 길을 가야 할까
시간은 수업시간을 재촉하고 있다.

중학시절 아버지는 작은 상처가 큰 상처로 변해
서울의 방사선 치료를 받으셔야 했었다
버스를 타고 서울로 치료를 받고 오시던 아버지를 만났지만
초라하고 힘겨운 아버지를 모르는 척하고 도망쳤었다.
힘들어 하시던 아버지의 손을 잡아드리지 못한 것이
길가에 스러진 노인을 보고 아버지의 기억이
가슴을 찌르는 화살이 박히는 오늘이다

봄날

오래된 파란 양철 지붕
정미소 마당에 까치 두 마리
낱알을 콕콕 찍는데

까치를 본 아가는
엄마 손 뿌리치며
뒤뚱뒤뚱 뜀박질한다

까치는 날아가고
날갯짓에 놀란 아기는
주저앉아 서럽게 울고

멈춰있던 정미소 도정기는
힘찬 소리를 내며
하얀 쌀을 쏟아내고 있다

우물의 명상

유년의 그림 속에는
마르지 않는 큰 우물이 보인다
동네 사람들 옹기종기 소식 나누고
푸성귀를 말끔히 씻어주던 우물가

한여름 일곱 살인 나는
우물가로 물 길으러 나섰다
가뭄으로 깊어진 우물 안
짧은 손을 길게 늘이다가
물통과 함께 우물 속으로 빠졌다
우물 속에서 버둥거릴 때
지나가던 누군가의 도움으로
환한 세상을 다시 만났다

육십여 년이 지난 지금
'이젠 괜찮다'며 집으로 돌려보낸
그 사람이 누구인지
굳게 닫혀버린 기억의 문

오늘은 고향의 우물이
입 다문 자리에 서 있다

바람은 머물지 않는다

빈 집의 내력이야
낡은 시간을 펼치는 일
오랫동안 닫아걸었던 사립문을 밀고 들어선다
바람이 거미줄을 건드리자
툭,
쏟아지는 안부가 궁금하다
장독대엔 입이 큰 만삭의 항아리가 자세를 바꾸고
쪼랑쪼랑 아이들 닮은 작은 고추장 단지가
주인을 기다리는 곳
옛사람은 가고 없는 마당엔
붉은 석류가 반기고
담장을 기어오르는 나팔꽃은
잠자고 있던 것들을 모두 깨우느라 나팔을 분다
뒤뜰엔 칡넝쿨이 온몸을 칭칭 감아도
푸른 눈으로 서있는
소나무가 집을 지키며
떠난 사람들 기다려 주는 집

해묵은 각질을 거둬내자
망각 속으로 지워졌던 기억들이
느리게 돌아오는 풍경이 있다

그 집에는

어머니가 먼 길 떠난
그 집에
싸리문을 열고 들어선다

장독대엔 따스한 손길로 만져주던
작은 항아리 몇 개가
주인을 잃어 흙빛으로 뒹굴고 있다

앞뜰 담장 아래엔
나팔꽃이 담장 너머를 기웃거리고
고목이 되어버린 석류나무는
여전히 붉은 웃음을 흘린다

보랏빛 난초꽃이 마음을 흔드는 집
담장에 기대어 빈집을 지켜주는
든든한 소나무가 어서 오라고 반겨준다

* 유달산 중턱 빈집에서 찍은 사진을 보며

가까운 행복을 만나다
- 발칸 반도 여행 중에

발칸 반도 아드리안 해안에서
노을빛에 젖어 든 마음을 내려놓고
낯선 사람들과 하나가 된다
찬란했던 붉은 해를 집어삼킨 바다는
아무 일 없듯이 출렁이는데

바다에 취해 보내는 시간 속으로
부메랑 닮은 초승달이 뜨니
멀리 나의 고향 집에서
쑥불이 피어오르고
툇마루에 앉으신 어머니가
어린 자식들을 부르고 있다

언니의 고희연

버들잎 늘어진 봄날
어머니 작은 문을 열고
고운 꽃으로 세상에 뿌리를 내린
하얀 버선을 닮은 언니

순풍으로 화사했던 날이 얼마나 될까
떠미는 바람을 막으며
가정을 지켜와 고희를 맞았다
상냥하고 친절한 말씨에 배려하는 마음
노래를 좋아해서 삶을 음악처럼 사는 언니

소리 속엔 공간이 있듯이
먹구름이 막아서도 두려워 말고
황혼 길을 함께 걷자고 내 손을 잡아준다

복숭아 닮은 세 자매는 붉게 웃으며
무딘 새끼손가락을 건다

4부

창 너머 풍경

오디가 익어가는 계절

집 몇 채 있는 동네를 벗어나니
한적한 산길로 이어진
도로가 보인다
목적지는 없다

푸른 숲길에 들어섰다
길가에 늙은 뽕나무에서 떨어진
오디가 검은 즙을 흘리고 있다

여린 이파리는 나물로 먹고
말려서 차를 끓이고
뿌리는 한약 재료로 쓰이는
하나도 버릴 것이 없는 뽕나무

산길 한복판에 서서
입가가 시커멓게 물들도록
새들의 먹이를 빼앗았다

창 너머 풍경

여름 장마가 시작된 날
패랭이꽃이 떠난
창 너머 작은 밭에는
노란 금계국꽃이 자리를 차지했다

궂은비를 맞으며 꽃을 피운
보라색 도라지꽃은 환하게 웃고
여린 코스모스가 날개를 접고 흔들린다

약이 오른 고추는 땀방울을 흘리고
발아래로 굵은 알로 여물고 있는
고구마 줄기는 온 밭을 뒤덮을 듯
푸르게 번지는 중이다

내 마음의 무늬 읽기

가야산 오르는 길에
불그레 웃는 꽃이 있다고
바람이 전하네

꽃길을 찾아 달려가니
봄바람이 시샘하듯
눈앞을 막아서네

회오리바람이 나무를 스치자
분홍빛 꽃 이파리 비칠비칠
낙하하면서도 향기를 남기네

피었다지는 짧은 생이라도
향기로운 배려를 나누며 살아가라는
바람이 전하는 말 듣고 있네

산다는 것은

산다는 것은
외로움을 안고 사는 일이다
때론 바람이 다가와 말을 건네고
나뭇잎들도 서로를 부비며 안부를 묻지만
비가 내리면
나는 너의 안부가 궁금하다
빗방울이 모여
땅속으로 스며들다가
작은 시내를 만들어
아래로 굴러간다
결코 거슬러 오르지는 않는다
테라스에 앉아 창밖을 지켜보는
나는, 산다는 건 그런 거라고 끄덕이며
그래그래, 하고 있다

함부로 덤비지 마라

안방 문턱과 화장실 문턱에
페인트가 벗겨져 볼썽사납다
언제부터인가 직접 칠 한 번 해야지
벼르기만 했던 날들이 일 년이 넘었다
방의 문짝은 깨끗한데
밟고 지나는 문턱만 벗겨지고
검게 변했다. 거실에 앉아 있어도 거슬리고
방을 드나들 때도 편치 않았던 마음
나무에 칠하는 흰색 페인트를 구입하고
손에 목장갑만 끼고 시작했다
용감하게 낮은 곳만 칠하니
이 정도면 괜찮다, 자만이 생겼다
다시 용기 내어 높은 문을 바르는데
위에서 흘러내리는 페인트가
머리로 얼굴로 흐른다
옷은 또 어떻고, 할 일은 많고
시간은 자꾸 가는데 마무리는 해야 하는데
칠한 것은 뭔가 부족하고
아무리 덧칠을 해도
나아지지 않는다

아무나 하는 게 아닌 것이다
뭔 자신감으로 붓을 들었는지
다 자기의 몫이 있거늘
함부로 붓을 들지 말고
겸허하라, 목소리가 들리는 듯
다시 작아지는 자존감이 헛웃음을 짓게 한다

쫘악 펴졌으면 좋겠다

나이 또래보다 옆집 친구보다
하얀 손에 접힌 주름
얼굴은 좋은 화장품을 바르고
의술의 도움으로도 펴질 수 도 있다고 하던데
손의 주름은 어떻게 할까
여기저기 찾아봐도 특별한 방책이 없다
손도 예뻐지고 관절에도 효과가 있다는
파라핀 요법이 있다고 하는 말에 귀가 솔깃
뜨거운 파라핀 속에 손을 넣었다 빼고
며칠을 계속하면서도 의심이 간다
정말 좋아지는 걸까
단번에 좋아지진 않겠지만
매일 매일 기대치는 높아가고 있다
어떤 날은 펴진 것 같기도 하고
어떤 날은 그대로인 것도 같고
마음 따라 변하는것인지 그날의 상태를 못 보는 건지
시간이 날 때마다 펴져라 주름아, 를 외친다
누군가는 무에 그리 신경을 쓰느냐고 탓하지만
아이들 앞에 손을 내보이다가도
움츠려 드는 자신이 더 민망하다

나는 괜찮을 줄 알았다

우울증이 내게 말을 걸었다
핏대를 세워 소리치기도 하고
화산처럼 폭발을 하기도 하고
천 길 낭떠러지로 떨어지며 던지는 말
화들짝 놀라 내뱉기도 한 말들은

모두 내 안에서 지르는 소리들

하지만
마음의 귀 열어 받아들일 때
우울증은 내 곁에서 조금씩 뒷걸음을 친다
소리들이 잠들고 있다

칠월칠석

한여름 뙤약볕에 여문 백일홍이
붉은 울음 흘리고 있는 영탑사

칠층석탑 아래 조각한
약사여래 불상을 모신 유리광전에서 올리는
주지 스님의 칠원성군 진언이
온 산을 울리고 있다

두 번이나 도량을 떠났다 돌아온
금동비로자나삼존불상도 묵언 중이고
반쯤 꺾인 허리로 오체투지 하는 보살이 있다
숨 막히게 울음을 뽑아내는 매미와
이백여 년 절집을 지킨 느티나무

화염 같은 불볕을 몰아내며
온몸을 바쳐 기도하는 칠월 칠석

* 영탑사: 당진시 면천면 상하리에 있는 사찰

내원사에 오르다

내원사를 찾아 10여 년 만에 오르는
비좁고 가파른 언덕은 앞이 잘 보이지 않았다
직감으로 차를 몰고 올랐다
산새들이 푸드덕거리고
나무에 매달린 초파일 등이
반갑다고 흔들리는 길을
돌고 돌아 오른다
죄지은 사람처럼 등에 식은땀이 흐른다
예전에는 거침없이 오르던 길이
새삼 두려운 것은 세월 탓인가
오랜 세월이 지났어도 기억해 주신 스님
무심했던 마음이
붉어지는 순간이었다

* 내원사 : 홍성군 광천읍 오서산에 있는 사찰

덕유산을 오르다

대설이 길을 지우고간
덕유산 향적봉 오르는 길
무성한 잎들 떨궈 버린 벌거숭이
주목나무가 하늘을 향해 팔 벌리고 있다

산길을 따라 계곡을 넘나들며
능선을 따라 오르던 길을
길게 늘어선 메타세콰이어 나무처럼
줄을 서기만 하면 봉우리 앞 쉼터 까지
데려다 주는 곤돌라에 몸을 맡기면 된다

수십 길이 족히 넘을 설유봉엔
더 이상 오를 곳이 없다고
손에 움켜진 두 개의 지팡이에 몸을 맡긴 채
스키에 매달려 하강하는 사람들을 본다

춥고 허기진 시간
한 걸음도 스스로 옮기지 못하고
주목나무에 기생하는 겨우살이의 통정이
새살을 돋게 하는 지점이라고

억지로 끄덕이며

곤돌라에 의지 한 채 산을 내려왔다

묵언의 터널을 가다

매주 똑같은 길을 가는 나는
고정 관념에서 벗어나 보기 위해
오늘은 이탈을 한다

좁은 산길을 돌아가 보자
어디든 길은 연결되어 있겠지

큰길을 벗어나 산길로 들어서니
개천가엔 더욱 짙어진 노란 금계국
달빛에 뿌려진 소금 같은 흰 메밀꽃
때 이른 코스모스가 반긴다

이상기온으로 때를 가리지 않고 피어나는 꽃들
잠시 꽃 옆에 앉아
카메라 셔터를 누르지만
볼품없이 지쳐있는 모습은 삭제를 한다

변명과 이유를 버리고
사색과 명상이 필요한 날
묵언의 터널로 들어선다

청벚꽃 구경 가요

서산시 운산면 신창리 상왕산 아래에
전통 사찰 개심사가 있네
골골이 깨어나고 있는 연둣빛 산 아래
드넓은 목장에 누런 황소가 노닐고
호숫가 길옆에는 객을 마중하는 분홍벚꽃

가로수 벚꽃 향기가 옷깃에 닿기도 전에
제철 산나물이 꽃향내를 덮는 곳
세심동 길을 올라 사찰 앞마당에 서니
울울했던 표정이
햇살을 받은 듯 해맑아진다

묵은 사람의 냄새 씻어주는 향기로
수행 중인 청벚꽃나무가 반긴다
나무 아래에서 야단법석 중인 사람들
손을 뻗으면 닿을 것 같은 거리에서
관세음보살의 환생을 만난 듯
고개 숙여 푸른 하늘을 찾는다.

나도 사람이로소이다
- 나혜석 거리에서

시대를 앞서간 여자

그녀는 평생 그림 활동 보장과
시어머니를 모시지 않겠다는 것
평생 자신을 사랑해줘야 한다는 조건을 걸고
그녀를 짝사랑하던 남자와 결혼했다

자유로운 영혼을 가진 그녀는
그림 공부를 하려고 파리로 유학을 떠났고
유학 중에 프랑스의 자유사상에 빠졌고
사랑을 하게 되고 이혼 당했다

자신의 이혼 고백서를 세상에 내놓은 여자

여자도 사람이외다
남편의 여자이기 전에
자식의 어미이기 전에

시대는 그녀의 행동을 용납하지 않았고
그림조차 외면 받게 되었다

자식을 만날 수도 없었고
한국을 떠날 수도 없었다
영양실조와 실어증으로 행려자로 살다 떠난
비운의 생을 살다 앞서 간 여자

지옥의 발견

작은 바람에도 뿌리가 흔들리는 밤
침대에 누웠다가도 벌떡
어둠 속에서도 감기지 않는 눈
겉모습은 빈틈없이
단단해 보이는 여자인 척하지만
속은 온통 허점이 많다

진솔한 마음은 어떠한 것인가

몸이 끓는다
머릿속엔 어리석음이 증기가 되어
더 팍팍거린다
정리하고 비워내야만
빼앗긴 마음을 채울 수 있다지

밖에서는
번개가 번쩍거리고
천둥소리가 통터져 울리고
소나기가 퍼붓고, 그래서 길이 막히고
순식간에 물이 차 오른다

나의 세상 속으로
들어오지 못한다
이제껏 보지 못한 생지옥의 불꽃처럼
거침없이 활활, 타오르듯
허덕이며 달려오듯이
초조하게 기다렸던 텅 빈 방 안

가람 이병기 문학관에서

돈이 많이 있으면 볼만한 책
천 권이든지 만 권이든지 사두고 보겠다.
세상에는 벗을 많이 두고
집에는 책을 많이 두고 싶다 -

문학관 교실에는
초등학교 시절에 써보았던
작은 책상과 딱딱한 나무 의자들
초록색의 칠판에 분필 지우개

타이머신을 타고 유년으로 돌아간다

맨 앞줄에 앉은 작은 아이
짧은 목 고쳐 들고
선생님의 눈빛 몸짓 빼앗길 새라
샛눈 한 번 감지 않고
똘방똘방한 눈동자 껌벅이지 않는다.

키 큰 을선이가 뒷줄에서 떠들고
짓궂은 영삼이가 누런 코 훌쩍여도

그 아인 멋진 선생님만 바라본다
선생님의 글씨를 따라서 써보고
몸짓 까지도 흉내를 내 보았던 아이

오빠의 빨간 자전거에 걸터앉아
꽁지머리 흔들어대던 그 아이
오늘 가람 이병기 선생님 앞에서
화장기 지워진 얼굴로 유년의 기억을
칠판위에 그려 내고 앉아 있다.

가을빛 머금은 홍예공원으로 오세요

홍예공원 작은 연못에는
가시 연잎이 쟁반처럼 둥글게 펼치고
붉은 꽃 피우려는 성난 입처럼 뾰족하게
입 내밀고 있어요

갈대가 소리 없는 울음을 삼키는 곳엔
가을볕이 쏟아져 내리고
물오리 몇 마리 미끄러지듯 헤엄치고 있구요
한 쌍의 오리는 사랑스러운 장난을 치고 있어요

운동장엔 땀 흘리며 뛰어노는 아이들이 있고
힘차게 걷거나 달리는 사람
친구와 천천히 걸으며 이야기가 흐르는 곳
입을 막아버린 마스크를 벗고
보랏빛 들국화 샛노란 국화꽃이 반겨주는

홍예공원으로 오세요
오늘 연못의 물결은 고요합니다

5부

지금은 대치 중

지금은 대치 중

세찬 바람에게
몰매를 맞는 느티나무를 본다

나무는
온몸으로 막아서고 있다

그만 하라고 말없이 손사래를 쳐도
동네 일진들처럼 나무를 향해 주먹을 날리는 바람
잠시 멈추는가 했더니 다시 시작되는 주먹질
나무는 휘청거리며 아우성친다
바람은 기세를 놓지 않고 곁에 있던
창문을 밀고 안으로 들어오려고 한다

어림없다,
결코 너를 허락할 수 없다
오늘은 너에게 작은 틈도 줄 수 없다

너와 나,
지금은, 치열한 대치 중

어색한 사이

다 식어버린 커피처럼
텁텁함만 남은 우리 사이
참 쓸쓸하지

간이 덜 배인 김치처럼
애정이 빠진 우리 사이
참 맛이 없지

뒤 돌아보면 기찻길처럼
평행선이 길게
펼쳐진 사이

너무 오래 되어
편안함에 어긋난 사이
참 어색한 사이

안경

너를 들이대기만 하면
흐릿하고 안개 낀 세상
맑은 얼굴로 돌아올 것 같아서
너에게 초점을 맞춘다

네가 없는 세상에선
읽어야 할 책 속의
구불구불한 글자들
바르게 시야 속으로 몰아넣을 수 없다

너를 내 곁에 둔 날부터
아이의 눈처럼
맑은 눈망울에 담긴 세상
온통 초록색이다

차가운 얼음도 따뜻하게 만들고
구겨진 옷까지도
천연색 영국 소품으로
보이게 하는 따뜻한 세상

어긋난 초점 밖
완강한 발톱으로
그 끝없는 왜곡 속으로
온전하게 나를 던져 넣은 것은 누구인가

그것들 아끼지 않고
다 버릴 때
비로소 어둠 속에서 떠오르는
한 줄기 깨끗한 허상

라일락

40여 년 같이 살면서 단 한 번도
꽃을 선물한 적이 없는 사람이
라일락꽃 한 다발을 건낸다
고맙다는 말 대신
곱지 않은 핀잔을 뱉었다

언젠가 라일락을 좋아한다고 한 말을
기억하고 있었던 걸까
길가에 핀 라일락 꽃가지를
꺾어와 뻘쭘하게 건네주는 사람

보랏빛 향기가 마음속으로
서럽게 번지는 봄날이었다

군자란

10여년이 넘게 함께한 군자란
길게 뻗은 기개, 청청한 이파리
붉게 피어난 커다란 꽃이
사방에 단단한 웃음 주더니
꽃잎이 한 잎 두 잎
바닥에 떨어지네

비워진 꽃대 옆
기다린 듯이 자리 넓히는
이파리들
눈부신 햇살 속에서
빛나는 우리들 세상이라고
소리치고 있네

후라이팬

일천이백도 용광로 불에 달궈진 몸
두드리고 당기고 접어야 모습을 드러내놓는
나는 혼자서는 아무것도 할 수가 없다.
뜨거워져야 살 수 있는 나
나와 다른 그 누구도 노랗게 붉게 푸르게
내 몸 위에서 통통 튀는 아픔이다
제 모습 버리고 새로운 모습으로
변해지기까지의 고통은
그 누가 알까

그대가 궁금하다

봄비가 나무에게
겨울잠에서 깨어나라고 스며들 때

느티나무 위 매미가
목이 터지도록 자기 짝을 부를 때

붉게 물든 나뭇잎이
자신의 몸을 버리고 떠날 때

흰 눈이 사락사락
내 가슴으로 쏟아질 때

그대는 나를
기억하고 있을까

그 섬의 붉은 꽃

붉은 눈물 바닷물에 씻으며
깊은 상처 감추려
여기 작은 섬에 피어 있다

다도해 파도 소리 벗 삼아
터질 듯한 가슴 끌어안고
송이송이 붉은 꽃 피워낸다

저 멀리 뱃고동소리 사라져가도
떠난 님 그리다가
봄이 오기도 전에 온몸을 던진

그 붉은 동백꽃

유혹

짧은 시간
우린 그렇게 또 만났다
순간으로
노란 빛으로 물든 저녁

그녀의 봄바람

오늘 하루는 내 맘대로 갈께요
벚꽃 길로 이어지는 한국의 아름다운 길을 지나
우리 동네 저 동네 옆 동네 앞 동네 절정의 벚꽃
웃음꽃은 날아와 떠나지 않는
콧바람 산들바람 연초록빛 스며든다
카페에 들려 커피를 마시고 갤러리 전시도 보고
청양 천장호 출렁다리로 이어지는 테마 길을 걷는다
천장호에 머무는 진달래꽃에 눈길을 주었다가
연초록 이파리 스몰스몰 피어오르는 앞산을 담았다
우린 봄꽃이었다가 바람으로 날아간 하루
오늘 그녀는
봄 최고의 바람으로 다가섰다

능소화 1

꽃들도 숨을 죽이는
염천 속에서 홀로 꽃 피워
한 번의 눈빛으로도
마음을 훔치는 요염함이여

활짝 핀 꽃송이 그대로
시들기도 전에
가지와 이별을 고하면서도
꽃을 피워내는 의연함이여

떠나야 할 때를 아는 것처럼
홀연히 낙화하는
비에 젖은 뒷모습이
더욱 처연한 찬란함이여

능소화 2

봄바람이 몰려와 창문을 흔들어도
대답이 없는 그 집엔
담쟁이는 굴뚝 높이만큼 푸르게 번지고
주인 없는 집 마당 한구석엔
망초 꽃이 주인이라고 아우성이다
담장을 휘둘러 오르고 있는 능소화는
붉은 울음으로 온몸을 바쳐 낙하 하거나
다시 꽃 피운다
돌아오겠다는 약속 없이 껍데기만 남기고
사라진 사람
이 계절이 지나면 돌아올까

가을

너를 맞이할
준비조차 없는 내게
벌써 다가와
문 앞에서 기다리고 있네
느티나무 위 매미는
절정으로 구애하는 중인데
나도 아직은 뜨거운데
빛이 어둠 속으로 스며들면
창가로 다가서서 노래하는
귀뚜라미

너와 나의 거리

누군가 건네준 커피
이 맛도 저 맛도 아닌
오묘한 맛이다
무엇을 얼마만큼 더 첨가를 해야 맛이 날까
스치듯 분석의 시간을 갖는다
맥심하나 플러스 블랙커피에
정성이 담아낸 커피
종이컵 두 잔으로 나누었단다
난 여기다 무엇을 넣을까
그래 건네준 마음 조금 덜어내고
달콤한 설탕을 넣자
덤으로 고마운 마음을 더해
마음을 나누자

안녕

조용
하던 대지가 흔들린다
여기저기 내가 먼저라고 시끄럽다
온통 연둣빛 세상
여린 그대 만나서 반갑고
소중하고 애틋함이야 새색시 적 같지만
봄비 지나가고 짙어진 햇빛 속
화려했던 시절은 막을 내리겠지
억척스런 아줌마 닮을까 봐 이제
너를 보내기로 한다
한때는 네가 중심이 되었던 시간들을
움켜잡으려 했지만
하루가 다르게 변해가는
너를 감당할 수 없다
그대, 이제 안녕

끝이 아니길

암 투병을 하는 사람이
'끝이 아니길' 노래를 부른다
삶이 끝이 아니길 바라면서
구절구절 성심을 다해 노래를 한다

아침의 햇살이 소중하고
소소한 바람이 소중하고
한발 한발 내딛는 발걸음이
너와 나의 인연이 소중하다고 한다

저녁 잿빛 하늘조차
얼마나 사무치는 그리움인지
죽어서 지옥을 가더라도 이승의 삶을
더 이어가고 싶다는 그 사람

오늘이 끝이 아니길

<시 해설>

- 이영희의 시 세계

체험體驗으로부터의 살가운 삶의 추구追求

구재기(시인·한국문인협회 부이사장)

체험體驗으로부터의 살가운 삶의 추구追求

구재기(시인·한국문인협회 부이사장)

1.

일상생활에 있어서 처음부터 너무 먼데를 바라보고 무리할 정도로 자기 자신을 개조하려고 노력하기보다는 자기 능력에 충실하는 것이 무엇보다도 필요하다. 자기 능력에 충실하다는 것은 곧 자기 자신을 발견하려는 길이다. 처음부터 위대한 것을 바라면서 살아간다는 것이란 하루하루 살아가면서 언제나 커다란 정신적인 부담을 걸머지는 것이기 때문에, 자칫 현재나 과거의 자기 자신을 싫어하고 미워하는 자기혐오自己嫌惡에 빠져들기 쉽다. 그러므로 무엇보다도 살아가는 데에 있어서는 지금 이 순간의 주어진 생활에 먼저 충실해야 한다. 그러는 동안에 자기 자신에게서 발견되는 뜻하지 않은 힘에 의하여 자신의 정체성을 향유할 수 있게 된다. 그것은 곧 전력을 다하여 당당하게 일상생활과 마주함으로써 새로운 길로 향하는 희망이기도 하다.

이러한 의미에서 이영희의 시작품 속에서는 지금 이 순간의 일상생활과 깊이 연결되어 있음을 알 수 있다. 그의 시는 먼데를 바라보는 시각에 따르는 것이 아니라 바로 눈앞에 펼쳐져 있는 '모든 지금 이 순간'의 생활과 깊은 관계를 맺고 있다. 뿐만 아니라 지금의 수준에서 전력을 다하여 당당하게 지금의 일상과 경쟁하고 있음을 보여준다. 그때마다 그의 시는 좌절과 고통을 감내하면서 굴하지 않는 힘을, 현재에 머물며 아프면서도 그의 시선은 현재에서 새로운 빛을 발하고 있는 것이다. 시인 신동집이 말했듯이 '시작품(poem)이란 포에지(poesie)*와 의미와의 차갑고도 뜨거운 긴장에서만 우러나오는 산물이어야 할 것이다. 포에지와 의미 사이에 벌어지는 압력 갈등의 에너지는 실인즉 전달되어야 할 가장 뜻깊은 시의 에너지인지도 모른다'(신동집의 「모래성 소감所感」 중에서). 따라서 모든 시에는 지금의 순간으로 이루어지는 희망의 빛이 될 수 있다. 시집 『소리가 뜨겁다』의 맨 앞에 있는 작품 「새」부터 살펴보기로 하자.

푸근한 잠을 깨고 보니
어느 틈에
혼자가 되었다
밤새 속삭이던 달콤한 언어들이
구름 속으로 젖어 들고
빛나던 나무는 흙빛으로 변했다
손에 쥐었다고 생각했던 무지개는 사라지고

---

* 포에지(poesie)'란 자연이나 인생에 대한 감흥과 사상 따위를 함축적이고 운율적인 언어로 표현한 시 세계가 갖는 정취를 말한다.

두 눈앞에 쌓인 것은
모두 지나간 발그림자 뿐
돌이킬 수 없다
돌아 나가지도 앞으로 갈 수도 없는 지금
기댈 수조차 없는 절벽 위에 머물고 있다

-「새」 전문

화자에게 부여된 현실은 매섭다. 아니 일상은 매우 심하게 맵고 사납다. 따가울 정도로 심하기만 하다. 그것도 미리 예고되어 화자로 하여금 준비할 수 있는 시간적 여유를 주는 것아 아니라 '푸근한 잠을 깨고 보니/어느 틈에' 와 있다. 그 순간 '혼자가 되었다'는 것이다. '혼자'란 '고독'이다. '고독'이란 이 세상에서 가장 무서운 고통이다. '밤새 속삭이던 달콤한 언어들이/구름 속으로 젖어 들고/빛나던 나무는 흙빛으로 변했다'고 한다. 이것은 '혼자' 되어 자기 자신을 확인한 결과이기도 하다, 꿈꾸던 모든 '달콤한 언어', 즉 희망이라는 한 폭의 그림은 '구름 속에 젖어 들고' 끝내 보이지 아니한다. 어둠의 세계를 이룬다. '손에 쥐었다고 생각했던 무지개는 사라지고' 없다. 절망에 이르렀다는 것을 확인한다.

이러한 절망적 상황은 계속된다. '혼자'가 된 정황은 계속된다. '두 눈앞에 쌓인 것은/모두 지나간 발그림자 뿐/돌이킬 수 없다'고 한다. 확인된 절망적 상황은 '돌아 나가지도 앞으로 갈 수도 없는 지금' 현재의 정황이요 현실에 처한 상황이다. 화자가 '푸근한 잠을 깨고 보니/어느 틈에/혼자가 되'어 마주하게 된 현실이요, 지금 처해 있는 형편이나 모양이다. 결국 이러한 상황은 '기댈 수조차 없는 절벽 위에 머물고 있다'는 것이다. 따라서 이 시작품에서 화자가 인식한 현실은 '혼자'가 된 상황을 인식하면서부터 '달콤한 언어'들이 사라져 버리고, '빛나던 나무는 흙빛으로 변'해버린다. '무지개는 사라지고' 돌이킬 수 없는 '발그림자'만 남아 있으며, 마침내, '돌아 나가지도 앞으로 갈 수도 없는 지금/기댈 수조차 없는 절벽 위에 머물고 있'는, 이 일상의 순간과 깊이 연결되어 있음을 알 수 있다. 이것은 곧 자기 자신을 발견한 결과이기도 하다.

모름지기 한 마리의 「새」는 그 스스로 날 수 있는 이상의 하늘 높이로는 날지 않는다. 날 수 있는 만큼의 거리를 날아가고 날아온다. 그리고 어둠이 완전히 가시기전에, 적어도 하루의 정확한 시간쯤은 잘 알고 있다고 확신하는 듯이 스스로 날아가 노래하고, 어둠이 닿기 전에 날개를 접어 제 소리만으로 지저귐을 멈추고 나서 어둠을 맞을 뿐이다. 따라서 「새」는 이 시에서 말하고 있는 모든 절망적 상황, 이를 테면 '푸근한 잠을 깨어 '혼자'가 되어 있음을 확인하고 '달콤한 언어들'을 잃고 '흙빛으로 변'해버린 '나무'와 더불어 '무지개는 사라지고' '돌이킬 수 없는 '발그림자' 뿐인 '돌아 나가지도 앞으로 갈 수도 없는 지금/기댈 수조차 없는 절벽 위에 머물고 있다'는 자아의 모습으로 되돌아온다. 화자는 모든 절망적 상황을 제시해 놓고 이를 「새」로 전환해버린다. 즉 모든 절망은 한 마리의 「새」로 하여금 일순 환태換態해 버린다. 「새」는 곧 절망에서 대 반전을 도모한 구원의 상징이요, 현실을 바로 인식한 자기 자신의 발견의 환유換喩이다. 또한 자기 몸을 돌보지 않고 지극한 정성으로 있는 힘을 다하고자 하는 자아 발견 노력의 소산이기도 하다.

화자는 이러한 순간 '우리 삶을 생각대로 다시 반복할 수 있다면/굽어진 길 없이 곧게 뻗은 길로 달릴 수 있을까(시 「아이들이 공을 찬다」 중에서)' 하고 자문하면서 짐짓 현실에서의 자기 자신의 길을 모색하기에 이른다. 다음 시작품을 살펴보자.

제라늄 제멋대로 뻗힌 줄기를
날카로운 칼로 살을 베어낸다
베어진 고통은 상관하지 않고
일단 하루 서늘한 바람으로 상처를 달래준다
다음 날 예쁜 그릇에 담고
튼튼하게 자라서 예쁜 꽃피워내라고 속삭인다
처음엔 시들하다가 며칠 지나니
화분 속에서 맥박이 뛴다는 걸 알았다
베인 상처쯤이야, 시린 삶의 무게를 담고
작은 뿌리 내렸다

매일 아침 안부를 나눈다
아무런 일도 일어날 것 같지 않은 고요 속에서
꽃망울이 생겼다
내일이면 활짝 핀 모습 보여줄 마음이 오늘은 더 따스하다
작은 상처쯤이야 하며 소소하게 웃는
제라늄

- 시 「삽목」 전문

화자는 먼저 '제라늄 제멋대로 뻗힌 줄기를/날카로운 칼로 살을 베어낸다'. 이는 「삽목」을 위한 첫 단계이다. '삽목插木'이란 모식물母植物에서 일부를 잘라내어 새로운 식물을 키우는 방법의 하나로 식물의 가지나 잎, 눈 따위를 꺾거나 잘라 흙에 꽂아서 뿌리를 내리게 하여 완전한 개체로 자라게 하기 위함이다. 삽목은 유전적으로 동일한 식물을 생산할 수 있어 품종 보존에 유리하다. 식물로서는 번식을 위한 고통스러움이기도 하다. 그러나 화자는 '베

어진 고통은 상관하지 않고/일단 하루 서늘한 바람으로 상처를 달래준다'. 화자는 이미 삽목으로 인한 '제라늄'의 고통을 알고 있다. '제멋대로 뻗힌 줄기를' 베어내어 올바르게 번식시키고자 하는 마음이지만 '일단 하루 서늘한 바람으로 상처를 달래'줌으로써 '제라늄'과 화자의 마음은 동일화를 이룬다. 뿐만 아니라 '다음 날 예쁜 그릇에 담고/튼튼하게 자라서 예쁜 꽃피워내라고 속삭'임으로써 '제라늄'으로 하여금 새로운 삶을 이루도록 한다. 이는 대상하는 '제라늄'으로 하여금 새로운 생에 대한 불타오르는 화자의 창조적 정신으로부터 비롯된 노력에의 기원이다. 또한 시적 대상의 생을 보다 아름답게 영위하도록 하려는, 이를 테면 어떤 목표를 향한 적극적인 의지 활동 모습이기도 하다. 따라서 '제라늄'은 삽목을 하기 위한 단순한 개체가 아니라 화자가 추구하고 갈망하고 있는 화자의 분신分身이라 아니할 수 없다. 그 결과 '제라늄'은 '처음엔 시들하다가 며칠 지나니/화분 속에서 맥박이 뛴다는 걸 알았다/베인 상처쯤이야, 시린 삶의 무게를 담고/작은 뿌리 내렸다'는 것이다.

'몸 지치고, 마음의 병 깊어가도/아낌없이 좁은 등 내어주는 감자/좁은 등을 발판으로/어린 싹을 푸릇한 잎으로 키워(시「감자」중에서)' 내는「감자」와 같이 '제라늄'은 '제라늄'으로서의 새로운 삶을 맞아 화자와 '매일 아침 안부를 나눈다'고 한다. 화자와 더불어 삶의 교감을 나눈다. 이에 따라 '제라늄'에게는 '아무런 일도 일어날 것 같지 않은 고요 속에서/꽃망울이 생겼'다고 한다. 비로소 삽목으로 인하여 생을 완벽하게 이룬 것이며, 이러한 삶의 보람에 따라 화자 또한 '내일이면 활짝 핀 모습 보여줄 마음이 오늘은 더 따스하다'는 동일화된 완성된 삶을 이루게 된다. 따라서 화자는「삽목」이라는 삶의 아픔이나 괴로움을 통하여 포착하게 된 생명의 진실한 아름다움을 형상화해준다. 그것은 '작은 상처쯤이야 하며 소소하게 웃는/제라늄'과 함께 재탄생의 영원한 가치를 보여주게 된 것이다. 바로 이러한 삶의 가치는 '사랑하자, 애절하게 울어대던 매미/하루를 천 년으로 살다가/쌓은 것 모두 다 남기고/미련 없이 간다(시 「매미의 유산」 중에서)'는 것에서도 살펴볼 수 있거니와, '뜨거운 손길로 다듬어진/붉은 울음 모아 꽃 피우기까지/얼마나 많은 고뇌의 시간을 보냈던가/놀라움으로 기쁜 탄성을/불러내는 아침(시 「동백수목원에서」 중에서)'이라고 외칠 수 있는 생명체의 기쁨이라 할 수 있다. 뿐만 아니라 '작은 소주잔을/비워내며 커지는/공허의 소리들이 무겁게/유영하고 있는 붉은 포장마차 안(시 「붉은 포장마차」 중에서)'과 같은 현실에서도 '되돌릴 수 없는 길에서는/그저 그래, 그래/지금 서 있는 자리가 극락인 거(시 「너만 같으면 좋겠다」 중에서)라면서 질곡의 현실에서조차도 긍정적인 삶을 잃지 않고 밝고 힘차게 살아갈 수 있는 자세를 꿋꿋하게 이어나갈 수 있는 것이다.

2.

시를 읽는다는 것은 엄연한 체험이다. 뿐만 아니라 시를 쓴다는 것은 체험을 통하여 이루어진다고 할만큼 시를 쓰는 데에 있어서 체험은 그만큼 중요하다. 영국의 소설가이자·비평가인 올더스 헉슬리(Aldous Huxley, 1894~1963)는 《천재와 여신(1955)》에서 '체험에 대한 근본적인 본질은 시적詩的이야. 물론 자신의 생각이라는 건 모든 사람의 생각이거든. 그러니까 자기가 사는 세상은 한정된 교향의 최소공분모最小公分母로 구성되겠지. 그렇지만 순수한 시는 언제나 거기 있지 — 언제나.'라고 말한다. 또한 교육자이면서 농촌운동가인 류달영(柳達永, 1911~2004)은 《체험의 진리》에서 '인생은 체험을 통해서 성장해간다. 체험을 통한 이야기와 체험을 가지지 않은 이야기는 가슴을 울리는 감동의 정도가 아주 다르다, 체험을 통해서 얻은 진리야말로 가장 뿌리가 깊고 또 확실한 신념의 토대가 될 수 있는 것이다. 참으로 슬기로운 사람은 나의 체험뿐만이 아니라 시공을 넘어선 남의 체험까지를 나의 것으로 승화시킬 수 있는 실력을 길러 나가야 하는 것이다'라 말한다. 또한 R. M. 릴케(Rainer Maria Rilke, 1875~1926)는 《말테의 수기手記(1910)》에서 '시는 사람이 생각하는 것처럼 감정은 아니다. 시가 만일 감정이라면 나이 젊어서 이미 남아돌아갈 만큼 가지고 있지 않으면 안 된다. 시는 정말로 경험인 것이다'라고 말한다. 이에 따른다면 시에서는 자기 속의 체험 속에 가지고 있지 못한다면 아무데서나 찾을 수 없을 것이다. 다음의 시를 살펴보기로 하자.

잡초가 숲을 이룬 공터 한쪽에
사람들의 손길에서 벗어난
녹슨 자전거가 비스듬히 서 있다
한때는 푸른빛과 반짝거림과
빵빵한 타이어로
덜컹거리는 돌길이나 좁은 골목
아스팔트 넓은 길
가지 못할 곳이 없었다

녹슬어서 버려진 것이 아닌
버려져서 녹슬어버린 자전거

- 시 「녹슨 자전거」 전문

화자는 '잡초가 숲을 이룬 공터 한쪽에/사람들의 손길에서 벗어난/녹슨 자전거가 비스듬히 서 있'는 것을 발견한다. 그리고 그 '자전거'에게 '한때는 푸른빛과 반짝거림과 빵빵한 타이어'를 가졌었으리라는 과거를 떠올린다. 이는 두말 할 것도 없이 화자의 체험 속에 안존해 있던 '자전거'의 모습이다. 그 자전거와 더불어 '한때는 푸른빛과 반짝거림과/빵빵한 타이어로/덜컹거리는 돌길이나 좁은 골목/아스팔트 넓은 길/가지 못할 곳이 없었다'던 체험을 구체적으로 생생하게 떠올린다. 그 체험 속의 '자전거'는 화자에게 '한때는 푸른빛과 반짝거림과/빵빵한 타이어로' 기억되고 있으며 그 자전거와 더불어 즐겼던 활기찼던 젊은 시절(아니면 어린 시절)의 기억을 떠올린다. 그 시절은 화자의 일생에 있어서 '자전거'와 함께 어쩌면 가장 힘이 넘치고 생기가 가득하였던 때였는지도 모른다. 거칠 것이 없이 망설임도 없이 당당하게 인생의 '덜컹거리는 돌길이나 좁은 골목/아스팔트 넓은 길/가지 못할 곳이 없었'을 정도로 살아온 지난날의 세월을 화자는 체험 속으로부터 되살려 놓는다. '덜컹거리는 돌길이나 좁은 골목'을 지나온 험한 삶의 길, 그러나 '아스팔트 넓은 길'이란 기쁨과 즐거움에 가득한 순간의 삶까지도 지금은 '비스듬히 서 있'는 '녹슨 자전거'로부터 생생하게 떠올린다. 화자는 이 자전거로부터 지나온 삶의 애환을 그려보게 되는 것이다.

이렇게 '자전거'로부터 지난날의 체험을 떠올리던 화자는 지금까지 길고 길게 살아온 삶의 애환을 한 마디 삶의 진리와 가치로 진술한다. '녹슬어서 버려진 것이 아닌/버려져서 녹슬어버린 자전거' — 이로서 화자에게서 뿐만이 아니라 이 시작품을 만나는 모든 사람들에게 던져주는 삶에의 경구警句와도 같은 진리와 가치를 말해주고 있다. 그렇다. 이 시의 화자는 일상에서 만난 '자전거'

로부터 정서적인 반응을 일으켰으나, 이러한 반응으로부터 말로 다 표현할 수 없는 삶의 진리를 말해주고 있다. 시는 분명한 진리이며 단순한 삶의 한 모습이기도 하다. 그것은 시적 대상에 의하여 가려져 있던 어떤 상징성과 암유暗喩로 넘어 삶의 자세를 제시해 놓는다. 이는 곧 한 편의 시는 화자 자신의 체험 속에서 우수한 실재實在, 즉 실재의 세계보다 고귀하고 더 선택된 세계를 낳게 한 것이라고 볼 수 있다. 시 「녹슨 자전거」는 첫째 연에서 보여준 체험의 구체적인 실체를 통하여 '녹슬어서 버려진 것이 아닌/버려져서 녹슬어버린 자전거'로 하여금 '녹슬어서 버려진 것'이라는 관습적이며 일상화되어 있는 삶의 한 모습으로부터 '버려져서 녹슬어버린' 것이라는 탈 자동화의 모습을 보여준다. 이는 이미 친숙해버렸거나 반복되어 참신하지 않은 사물이나 관념을 특수화하고 낯설게 하여 새로운 느낌을 갖도록 해주는 명편名篇의 탄생을 보여준 것이기도 하다,

그렇다. 화자는 삶이란 '해묵은 각질을 거둬내자/망각 속으로 지워졌던 기억들이/느리게 돌아오는 풍경이 있(시 「바람은 머물지 않는다」 중에서)'다 라는 것을 보여준다. 삶이란 또한 '피었다지는 짧은 생이라도/향기로운 배려를 나누며 살아가라는/바람이 전하는 말 듣고 있(시 「내 마음의 무늬 읽기」 중에서)'어야 할 것이라는 것을 일깨워주고 있기도 하다.

산다는 것은
외로움을 안고 사는 일이다
때론 바람이 다가와 말을 건네고
나뭇잎들도 서로를 부비며 안부를 묻지만
비가 내리면

나는 너의 안부가 궁금하다
빗방울이 모여
땅속으로 스며들다가
작은 시내를 만들어
아래로 굴러간다
결코 거슬러 오르지는 않는다
테라스에 앉아 창밖을 지켜보는
나는, 산다는 것은 그런 거라고 끄덕이며
그래그래, 하고 있다

- 시 「산다는 것은」 전문

위 시작품에서 화자는 '산다는 것은/외로움을 안고 사는 일이다'라는 화두를 시작으로 '나는, 산다는 것은 그런 거라고 끄덕이며/그래그래, 하고 있다'고 화두에 대한 긍정적인 답으로 끝을 맺고 있다. 이 화두의 시작과 끝을 제외하면 모두 체험으로부터 얻은 실체實體이다. 곧 체험의 실체인 것이다. '때론 바람이 다가와 말을 건네고/나뭇잎들도 서로를 부비며 안부를 묻지만/비가 내리면/나는 너의 안부가 궁금하다'고 한다. 화자는 '때론 바람이 다가와 말을 건네고/나뭇잎들도 서로를 부비며 안부를 묻'고 있는 사실을 발견하고, '바람'과 '나뭇잎'이 '서로를 부비며 안부를 묻고' 있는 모습으로부터 '산다는 것'의 실체를 발견해낸다. 그리고 '비가 내리면/나는 너의 안부가 궁금하다'고 한다. '다가와 말을 건네고' '서로를 부비며 안부를 묻'는 '바람'과 '나뭇잎'의 실체로부터 「산다는 것은」이라는 화두의 의미를 '비가 내리면/나는 너의 안부가 궁금하다'는 의미로 확산해나간다. 즉 '바람'과 '나뭇잎'이 나누는 '안부'가 '너와 나'로까지 낯설게 이어주고 있다. 이것은 '국화'

와 '소쩍새', '국화'와 '천둥'과 '먹구름'으로 연緣하여 이어져 새로운 의미를 창출해낸 서정주의 《국화 옆에서》가 보여준 낯설게 표현하기라 하겠다.

화자는 결국 '빗방울이 모여/땅속으로 스며들다가/작은 시내를 만들어/아래로 굴러간다/결코 거슬러 오르지는 않는다'는 「산다는 것은」의 의미를 자연의 실체로부터 얻는다. 바로 '빗방울'의 무위(無爲, action without intention)한 삶의 원리이다. '빗방울'은 일체의 부자연스러운 행위, 인위적 행위가 없다. '결코 거슬러 오르지는 않는다'는 자연 그대로의 일상생활 속 행동이 있을 뿐이다. 무위자연無爲自然이다. 「산다는 것은」 '빗방울' 자연의 원리에 따르며, 인간의 노력이 아닌 자연스러운 흐름에 따르듯이 한다는 것이다. 그러한 무위의 모습을 '테라스에 앉아 창밖을 지켜보는/나는, 산다는 것은 그런 거라고 끄덕이며/그래그래, 하고 있'거니와 이는 「산다는 것은」 곧 어떠한 힘쓰는 일이 없이 무작정 노력하지 않고 자연스러운 흐름에 따라 노력 없이 이루어지는 것임을 말해주고 있다. 화두와 이에 대한 무위자연無爲自然의 삶의 자세를 체험의 실체로부터 발견하고, 이에 따른 얻은 삶의 의미를 수미쌍관적首尾雙關的으로 마무리한 또 한 편의 명편이라 하겠다.

이러한 화자의 시작 태도는 '발칸반도 여행 중에서'도 '바다에 취해 보내는 시간 속으로/ 부메랑 닮은 초승달이 뜨니/멀리 나의 고향 집에서/쑥불이 피어오르고/툇마루에 앉으신 어머니가/ 어린 자식들을 부르고 있'(시 「가까운 행복을 만나다」 중에서)는 가운데에서도 행복을 만나게 될 수 있는 것이 아닐까. '소리 속엔 공간이 있듯이/먹구름이 막아서도 두려워 말고/황혼 길을 함께 걷자고 내 손을 잡아(시 「언니의 고희연」 중에서)' 주는 일상의 체험 속에서 살가운 삶을 누릴 수 있는 것이라 하겠다.

3.

일상으로 살아가는 삶에는 언제나 고통이 뒤따르게 된다. 아무리 짧은 순간의 삶이라 해도 고통은 멈추지 않는다. 그러한 의미에서 삶은 일종의 공포라 할 수 있지 않을까. 현재의 모든 삶은 고통이며 일종의 공포라 해도 과언이 아닐 것이다. 예측할 수 없는 삶이라든가, 전혀 예측이 불가능한 삶이라 할지라도 그곳에서는 언제나 공포와 고통이 함께 한다. 그럼에도 불구하고 공포와 고통의 삶이 없는 세상만을 꿈꾸며 살아가지 않는다. 오히려 더불어 살아간다. 아니 고통과 공포를 전혀 의식하며 살아가지 않는다. 그래서일까. 때때로 고통과 공포를 사랑하며 살아가는 것인지도 모른다. 고통과 공포란 삶의 아픔이기 때문이다. 아픔이 없는 삶이란 인생의 최고 목표인 '산다'는 것이다.

산다는 것에는 항상 이 아픔과 함께 한다. 아니 함께 하기 마련이다. 그 아픔이란 살아가는 데에 드리워진 짙은 그늘이다. 그 그늘 속에 끊임없이 자라났다가 사라지기를 거듭하는 허상虛像의 실체實體이다. 분명히 존재하면서도 잡혀지지 않는 아픔이라서 때때로 쉽게 잊히기도 한다. 아니 기억조차도 없고, 설사 기억에서 살아난다 할지라도 어제와 오늘과 내일의 고통은 전혀 다르다. 그러다 보면 '산다'는 것을 모르면서 지나치기 일쑤다. 그래서 '산다'는 것 그 자체를 사랑하게 되는 것이요, 사랑해야 되는 것이 아닐까. 그런 가운데 때때로 '지옥 같다'는 말을 듣곤 한다. 그렇다면 과연 지옥을 본 사람이 있을까. 지옥에서 살아본 사람이 있을까. 그럼에도 불구하고 왜 이런 말이 나오는 것일까. '지옥地獄'이란 단지 아주 괴롭거나 더없이 참담한 환경이나 형편을 비유적으로 이르는 말일 뿐이다. 그럼에도 불구하고 실존처럼 지옥을 말하곤 한다. 그러고 보면 지옥이란 각자 자기 자신을 확인함으로써 인식되어지는 '자아 인식 세계의 순간적 삶의 공간'이라고 말할 수 있다. 다음 시작품을 살펴보기로 하자.

작은 바람에도 뿌리가 흔들리는 밤
침대에 누웠다가도 벌떡
어둠 속에서도 감기지 않는 눈
겉모습은 빈틈없이
단단해 보이는 여자인 척하지만
속은 온통 허점이 많다

진솔한 마음은 어떠한 것인가

몸이 끓는다
머릿속엔 어리석음이 증기가 되어
더 팍팍거린다
정리하고 비워내야만
빼앗긴 마음을 채울 수 있다지

밖에서는
번개가 번쩍거리고
천둥소리가 통터져 울리고
소나기가 퍼붓고, 그래서 길이 막히고
순식간에 물이 차 오른다

나의 세상 속으로

들어오지 못한다
이제껏 보지 못한 생지옥의 불꽃처럼
거침없이 활활, 타오르듯
허덕이며 달려오듯이
초조하게 기다렸던, 텅 빈 방 안

- 시 「지옥의 발견」 전문

화자는 지금 '작은 바람에도 뿌리가 흔들리는 밤'이란 시간적 공간에 있다. 자아발견을 위한 시간적 배경이 '밤'이다. 흔히 밤이란 모든 활동으로부터 휴식을 취하기 위한 시간이다. 그러나 밤은 어둠의 세계이다. 모든 것이 서로 어울려 있되 보이지도 확인되지도 아니한 불확실한 시간이다. 그래서 모든 절망과 수치심이 가려진 채 뒤섞이어 난무하는 불분명한 순간이다. 그러나 한편으로는 어둠으로써 진실을 밝혀주는 하나의 묵시록默示錄이기도 하다. 그러하기 때문에 '작은 바람'에도 불구하고 '뿌리가 흔들리는' 듯이 모든 실체를 송두리째 숨기어 알려주는 '밤'을 이룬다. '침대에 누웠다가도 벌떡/어둠 속에서도 감기지 않는 눈'으로 자신을 확인하는 순간 '겉모습은 빈틈없이/단단해 보이는 여자인 척하지만/속은 온통 허점이 많'은 자아를 발견하게 된다. '밤'과 상대적인 개념의 시간적 배경인 '낮'은 곧 이러한 자아의 실체로 내세운 배경임을 깨닫게 한다. 즉 '밤'은 높고 낮음과 밝고 어두움과, 맑고 흐림의 차별도 없이 순수하고 밝음은 물론 태고적인 동일함에서 밝혀진 자아의 실체는 '속은 온통 허점이 많'은 '여자'임을 깨닫는다. 화자는 자신을 바라보며 깊은 명상에 잠긴다. '진솔한 마음은 어떠한 것인가'라는 자문自問에 이어진다. 그 결과 애처롭게도 어둡고 묵묵하여 머물고 있는 자리와 방향을 잃어 혼란 시켜버린

「지옥의 발견」으로 휩쓸려 들어오고 만다. '몸이 끓는다/머릿속엔 어리석음이 증기가 되어/더 팍팍거린다'면서도 '정리하고 비워내야만/빼앗긴 마음을 채울 수 있'는 믿음으로 마음을 다스려보지만 결국 화자는 '빼앗긴 마음을 채울 수 있다'는 기다림도 저버린 채 파괴되어버린 애통한 밤에 머물고 있는 자아를 발견한다.

'안'과 '밖'으로 나누어진 채 슬퍼하고 애통할 수밖에 없는 시간의 '밤', 그것은 '밖에서는/번개가 번쩍거리고/천둥소리가 통터져 울리고/소나기가 퍼붓고, 그래서 길이 막히고/순식간에 물이 차오른' 공포와 고통의 밤이다. 그리고 '나의 세상 속으로/들어오지 못한다'는 '안'에서는 '이제껏 보지 못한 생지옥의 불꽃처럼/거침없이 활활, 타오르듯/허덕이며 달려오듯이/초조하게 기다렸던, 텅 빈 방 안' 을 이룬 것이다. 화자는 자아를 둘러싼 '안'과 '밖'에서 일어나는 고통과 절망을 가장 사실적으로 그려놓음으로써 더 이상 괴롭거나 더없이 참담한 '밤'을 생생하게 「지옥의 발견」으로 보여준 것이다.

이러한 「지옥의 발견」은 '어긋난 초점 밖/완강한 발톱으로/그 끝없는 왜곡 속으로/온전하게 나를 던져 넣은 것은 누구인가(시 「안경」 중에서)'를 생각하게 하면서도 '뒤 돌아보면 기찻길처럼/평행선이 길게/펼쳐진 사이(시 「어색한 사이」 중에서)'로 이루어진 세상을 만나게 하고 있는 것이다. 그래서인지 화자는 몸부림으로 대처하고 있는 모습을 적나라하게 보여주고 있다.

세찬 바람에게
몰매를 맞는 느티나무를 본다

나무는

온몸으로 막아서고 있다

그만 하라고 말없이 손사래를 쳐도
동네 일진들처럼 나무를 향해 주먹을 날리는 바람
잠시 멈추는가 했더니 다시 시작되는 주먹질
나무는 휘청거리며 아우성친다
바람은 기세를 놓지 않고 곁에 있던
창문을 밀고 안으로 들어오려고 한다

어림없다,
결코 너를 허락할 수 없다
오늘은 너에게 작은 틈도 줄 수 없다

너와 나,
지금은, 치열한 대치 중

- 시 「지금은 대치 중」 중에서

당시 유럽적 시각과 정서를 가진 유일한 러시아 작가로서 대표작이자 최고의 걸작으로 평가받는 《아버지와 아들》의 I.S.투르게네프(Ivan Sergeyevich Turgenev, 1818-1883)는 '삶이란 끊임없이 둘로 분열되려는 현상과, 다른 한편 끊임없이 하나로 합쳐지려는 현상 사이에서 계속 타협해 나가며 동시에 끊임없이 투쟁해 나가는 과정 이외에 아무것도 아니'(I.S.투르게네프의 《햄릿과 돈 키호테》에서)라고 한다. 위 시작품에서 보이는 화자의 '느티나무'와 '바람', 그리고 '너와 나'사이에 벌어지는 투쟁의 모습은 자못 치열하다 못해 처절하기까지 하다. 세차게 몰아치는 '바람'과 이에 '온몸으로 막아서'는

'나무'는 현실과의 치열한 생존 경쟁을 벌이고 있는 화자의 모습이다. '나무'가 아무리 '그만 하라고 말없이 손사래를 쳐도' '바람'은 마치 '동네 일진들처럼 나무를 향해 주먹을 날'린다. 이는 현실 속에서 불안과 혼돈으로 살아가고 있는 현대인의 힘겨운 모습이기도 하다.

'잠시 멈추는가 했더니 다시 시작되는 주먹질' 하는 '바람'은 그칠 줄을 모르고, 이에 맞서는 '나무는 휘청거리며 아우성' 치고 있거니와, 현실적인 삶을 영위하기 위하여 끊임없이 엄습해 오는 시대적인 공포와 고통으로부터 헤아릴 수 없는 마찰과 무용의 접촉을 피하지 못한 채로 살아갈 수밖에 없는 현대인의 격렬한 삶에 있어서는 '기세를 놓지 않고 곁에 있던/창문을 밀고 안으로 들어오려'는 '바람'과의 대치는 치열할 수밖에 없다. 이에 따라 물리적이고 냉정한 자아의 삶을 확보하기 위하여 '나무'는 '어림없다,/결코 너를 허락할 수 없다/오늘은 너에게 작은 틈도 줄 수 없다'는 비장함을 갖추지 않으면 안 된다. 화자는 생존을 위하여 자기 욕구를 최대한으로 충족시키기 위해서는 '지금은, 치열한 대치 중'일 수밖에 없는 것이다. 오늘날의 인정이 없고 모질기만한 각박한 현실은 확실히 어떠한 운명적인 것과 대결하지 않으면 안 되는 시기에 머물고 있으며, 이에 따라 시대적인 결정을 짓지 않고서는 그대로 살아갈 수만은 없는 것일 뿐만 아니라 항상 '지금은, 치열한 대치 중'일 수밖에 없다는 것을 화자는 말하고 있는 것이다.

그러므로 오늘날의 현실은 '이상기온으로 때를 가리지 않고 피어나는 꽃들/잠시 꽃 옆에 앉아/카메라 셔터를 누르지만/볼품없이 지쳐있는 모습은 삭제'(시 「묵언의 터널을 가다」 중에서)하며 살아가게 한다. '동네 사람들 옹기종기 소식 나누고/푸성귀를 말끔히 씻어주던 우물가'는 물론이요 '유년의 그림 속에는/마르지 않는 큰 우물이 보인다'면서도 '입 다문 자리에 서 있'(시 「우물의 명상」 중에서)음을 확인할 수조차 없게 된 현실에서 살아가고 있다는 것을 깨닫게 한다.

4.

지금까지 이영희 시인의 시작품 82편을 중심으로 시 속에 나타난 현실성과 더불어 그 현실 속에서의 체험이 어떻게 용해되어 있으며, 어떠한 현실에 대응하고 있는가를 중심으로 살펴보았다. 그러다가 문득 불과 3, 4행으로 이루어진 단시短詩 작품 속에 모든 것이 응고凝固되어 있다는 것을 알게 되었다. '누군가에게는 꼭 지키는 약속이고/누군가의 상처가 씻겨가길 바램이고/누군가에게는 새로운 일의 시작이다'(시 「비는」 전문)라는 작품에서 볼 수 있는 바와 같이 같은 대상을 두고서도 다의적인 시선에 따라서 지금 모든 순간의 생활과 깊은 관계를 맺고 있거니와 이는 곧 자기 자신을 발견한 결과이기도 하다. 따라서 질곡의 현실에서조차도 긍정적인 삶을 잃지 않고 밝고 힘차게 살아갈 수 있는 자세를 꿋꿋하게 이어가는 것을 알 수 있었다.

또한 '세상일은 입을 닫고/귀와 마음은 문을 없애 봐/그래야 공정이 늘어날 거야/화난 날씨, 오늘이 두렵다'(시 「화난 날씨」 전문)에서와 같이 세상일에 대하여 먼저 성급하지 말고, '귀와 마음은 문을 없애'면서 모든 사실을 바로 귀와 마음의 문을 없애어 공정公正함을 도모해야 한다는 교시성教示性을 보여준다. 화자는 불안과 혼돈으로 살아가지 않으면 안 되는 현실에 대하여 '화난 날씨, 오늘이 두렵다'는 경고성警告性 메시지를 보내기도 한다.

끝으로 '짧은 시간/우린 그렇게 또 만났다/순간으로/노란 빛으로 물든 저녁'(시 「유혹」 전문) 시간에 「유혹誘惑」 되었음을 알게 한다. 꾀임에 빠져 마음이 현혹하거나 좋지 아니한 길로 이끌린 것이 아니라 어둠의 시간에 노란색이 주는 활기찬, 밝은 느낌과 활기찬 빛으로, 긍정적인 현실을 보여주고 있는 것이기도 하다. 따라서 행복, 기쁨, 활력, 창의력 등과 관련되어 있기도 한 노란색의 상징성은 태양이나 따뜻한 날씨와 연결되어 있음에 더욱 더 명쾌하고 즐거운 시간을 상기시킨다. 이것은 바로 이영희의 시세계가 체험體驗으로부터 살가운 삶을 추구追求하고자 한 현실 세계의 한 모습이기도 하다. 그의 시 세계가 모쪼록 새로운 시의 전형典型을 보여주면서 자리매김하게 되기를 빈다.

소리가 뜨겁다

이영희 시집

소리가 뜨겁다

이영희 시집